O leão apanhou o rato e, prendendo-o nas suas enormes garras, rugiu com fúria:
— Como é que te atreves a acordar-me! Não sabes que sou o Rei dos Animais? E hei-de comer-te!

The lion grabbed the mouse and, holding her in his large claws, roared in anger: "How dare you wake me up! Don't you know that I am the King of the Beasts? And I shall eat you!"

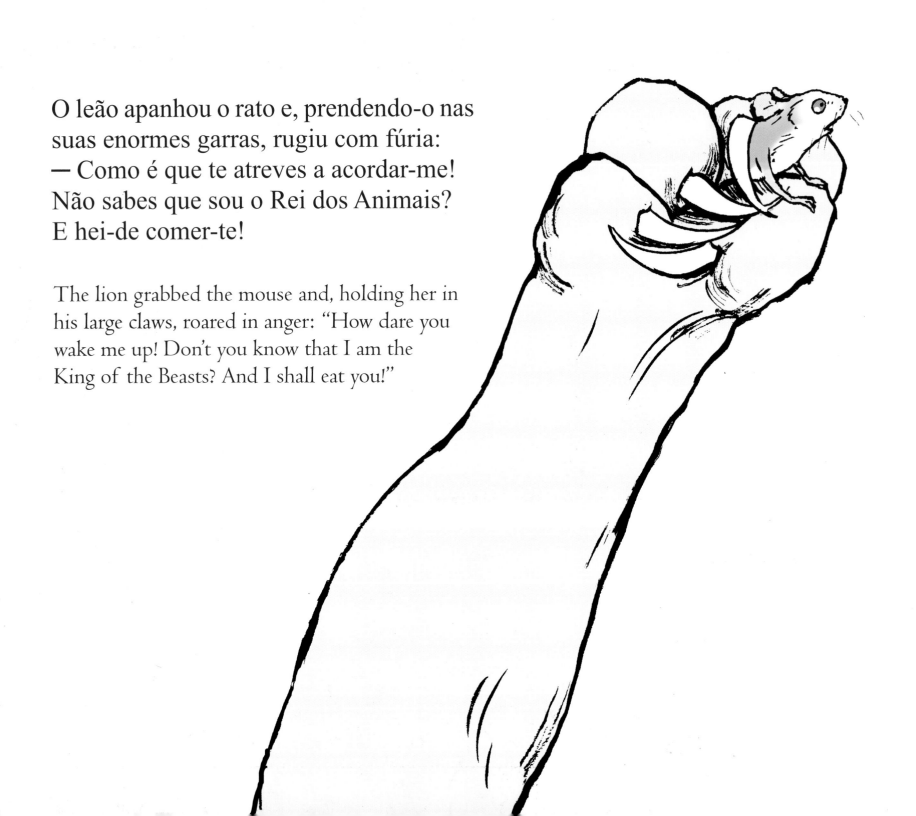

O Leão e o Rato

Uma Fábula de Esopo

The Lion and the Mouse

an Aesop's Fable

Jan Ormerod

Portuguese translation by Maria Teresa Dangerfield

Num lugar muito longínquo, há muitos e muitos anos,
enquanto um leão estava a dormir, um ratinho trepou-lhe
pela cauda, foi correndo pelas costas dele acima, pela juba,
até que chegou à cabeça ...

... de maneira que o leão acordou.

Far away and long ago, as a lion lay asleep, a little mouse ran up his tail.
He ran onto his back and up his mane and onto his head ...

... so that the lion woke up.

O rato implorou ao leão que o libertasse:
— Por favor, Vossa Majestade, não me coma! Por favor liberte-me,
que eu prometo que vou ser amigo de Vossa Majestade para sempre e,
quem sabe, um dia até poderei salvar a sua vida.

The mouse begged the lion to let her go. "Please don't eat me Your Majesty!
Please let me go - and I promise I will be your friend forever. Who knows,
one day I might even save your life."

O leão olhou para o minúsculo ratinho e desatou a rir.
— *Tu*, salvares a *minha* vida? Que ideia tão parva! Mas fizeste-me
rir e puseste-me bem disposto. Por isso vou deixar-te ir.
E o leão abriu as garras e libertou o rato.

The lion looked at the tiny mouse and burst out laughing. "*You* save *my* life?
What a silly idea! But you have made me laugh and put me into a good mood.
So I shall let you go."
And the lion opened his claws and set the mouse free.

Passados apenas alguns dias, o leão ficou preso numa rede colocada por caçadores. Mesmo com o seu tamanho e a sua força não conseguiu desprender-se. Rugiu com tamanha raiva que fez estremecer a terra.

It was only a few days later that the lion was trapped by a hunter's net.
Even with all his size and strength he could not break free.
He let out a roar of rage that shook the earth.

Todos os animais ouviram o seu grito ...

All the animals heard his cry ...

Mas só o minúsculo ratinho é que correu em direcção ao rugido do leão.
— Eu vou ajudar Vossa Majestade — disse o rato. — Vossa Majestade
libertou-me e não me comeu, por isso, agora sou seu amigo e pode
contar com a minha ajuda para toda a vida.

but only the tiny mouse ran in the direction of the lion's roar.
"I will help you, Your Majesty," said the mouse. "You let me go
and did not eat me. So now I am your friend and helper for life."

O rato começou logo a roer as cordas
que prendiam o leão.

She immediately began gnawing at the ropes that bound the lion.

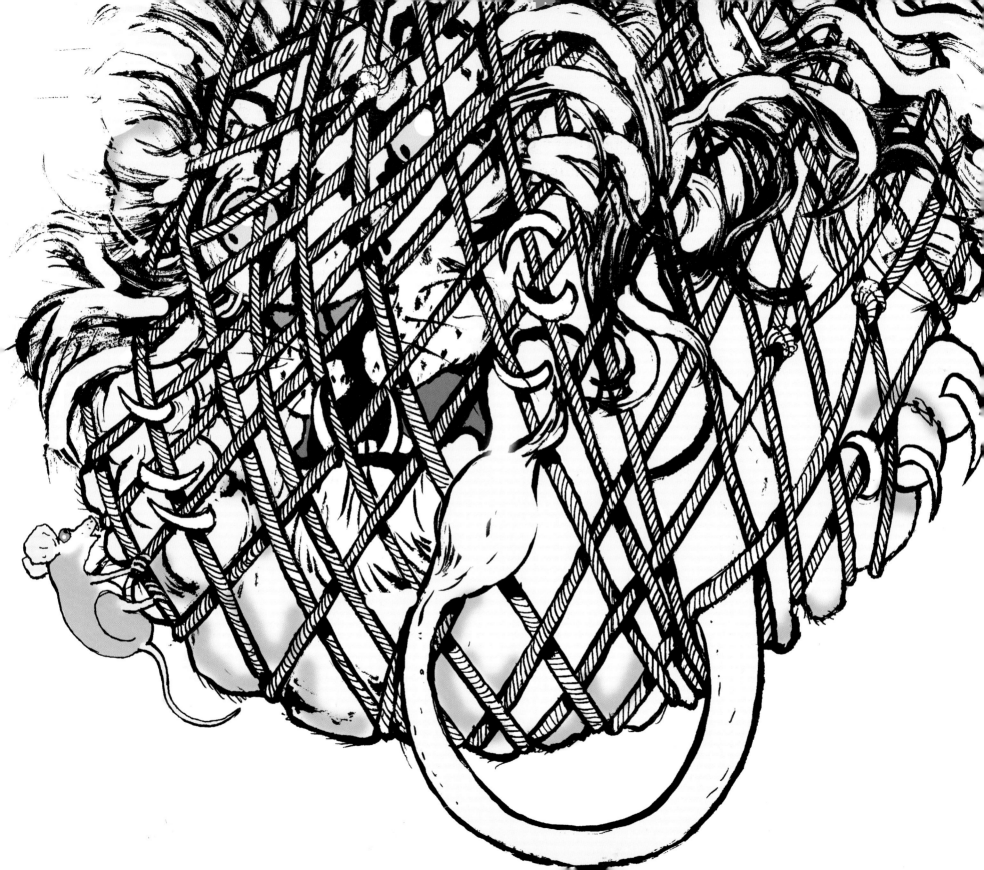

O minúsculo ratinho continuou a roer até ao pôr-do-sol e estava ainda a mordiscar quando a Lua e as estrelas apareceram no céu. Até que, mesmo antes de o Sol nascer outra vez, o Rei dos Animais ficou finalmente em liberdade.

The tiny mouse nibbled until the sun went down.
She gnawed as the moon and stars appeared in the sky.
Finally, just before the sun rose again,
the King of the Beasts was free at last.

— Eu não tinha razão? — disse o ratinho. — Foi a minha vez de ajudar
Vossa Majestade.
Mas desta vez o leão não se riu do ratinho. Em vez disso, disse:
— Eu não acreditava que pudesses servir-me para alguma coisa, ratinho,
mas hoje salvaste a minha vida.

"Was I not right, Your Majesty?" said the little mouse.
"It was my turn to help you."
The lion did not laugh at the little mouse now,
but said, "I did not believe that you could be
of use to me, little mouse, but today
you saved my life."

Teacher's Notes

The Lion and the Mouse

Read the story. Explain that we can write our own fable by changing the characters.

Discuss the different animals you could use, for instance would a dog rescue a cat? What kind of situation could they be in that a dog might rescue a cat?

Write an example together as a class, then, give the children the opportunity to write their own fable. Children who need support could be provided with a writing frame.

As a whole class play a clapping, rhythm game on various words in the text working out how many syllables they have.

Get the children to imagine that they are the lion. They are so happy that the mouse rescued them that they want to have a party to say thank you. Who would they invite? What kind of food might they serve? Get the children to draw the different foods or if they are older to plan their own menu.

The Hare's Revenge

Many countries have versions of this story including India, Tibet and Sri Lanka. Look at a map and show the children the countries.

Look at the pictures with the children and compare the countries that the lions live in – one is an arid desert area and the other is the lush green countryside of Malaysia.

Children can write their own fables by changing the setting of this story. Think about what kinds of animals you would find in a different setting. For example, how about 'The Hedgehog's Revenge', starring a hedgehog and a fox, living near a farm.

The hare thinks the lion is a bully and that he always gets others to do things for him. Discuss with the children different ways that the lion could be stopped from bullying. The children could role play different ways of dealing with the bullying lion.

A Vingança da Lebre
Uma Fábula da Malásia

The Hare's Revenge
A Malaysian Fable

Uma lebre e um leão eram vizinhos.

— Eu sou o Rei da Floresta — gabava-se o leão. — Sou forte e corajoso e ninguém consegue desafiar-me.

— Sim, Vossa Majestade — respondia a lebre com uma vozinha assustada. Então o leão punha-se a rugir até os ouvidos da lebre ficarem a doer, e enfurecia-se até a lebre se sentir muito infeliz.

A hare and a lion were neighbours.

"I am the King of the Woods," the lion would boast. "I am strong and brave and no one can challenge me."

"Yes Your Majesty," the hare would reply in a small, frightened voice. Then the lion would roar until the hare's ears hurt, and he would rage until the hare felt very unhappy.

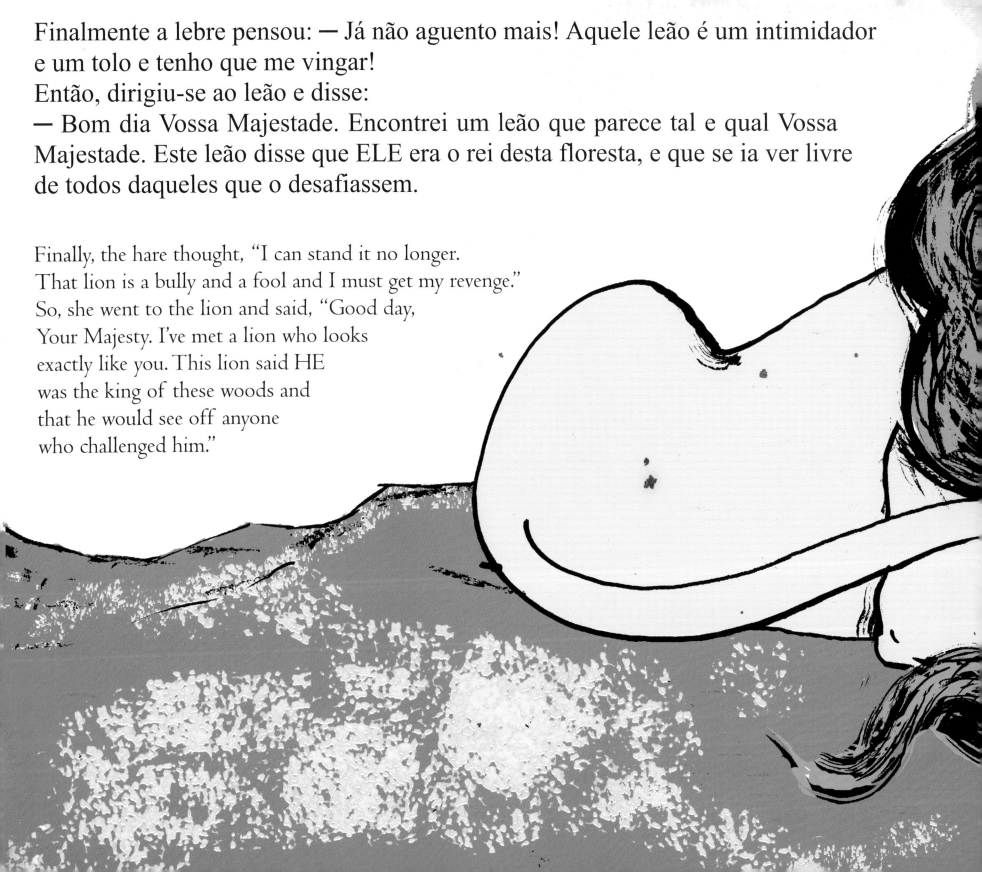

Finalmente a lebre pensou: — Já não aguento mais! Aquele leão é um intimidador e um tolo e tenho que me vingar!
Então, dirigiu-se ao leão e disse:
— Bom dia Vossa Majestade. Encontrei um leão que parece tal e qual Vossa Majestade. Este leão disse que ELE era o rei desta floresta, e que se ia ver livre de todos daqueles que o desafiassem.

Finally, the hare thought, "I can stand it no longer.
That lion is a bully and a fool and I must get my revenge."
So, she went to the lion and said, "Good day,
Your Majesty. I've met a lion who looks
exactly like you. This lion said HE
was the king of these woods and
that he would see off anyone
who challenged him."

—Ah! — disse o leão. — Não lhe falaste de *mim*?

— Falei sim — respondeu a lebre. — Mas teria sido melhor que não tivesse falado. Quando lhe expliquei como Vossa Majestade era forte, ele só fez troça. E disse algumas coisas muito ofensivas. Até disse que nem para criado dele havia de querer *Vossa Majestade*!

"Oho," the lion said. "Didn't you mention *me* to him?"
"Yes, I did," the hare replied. "But it would have been better if I hadn't. When I described how strong you were, he just sneered. And he said some very rude things. He even said that he wouldn't take *you* for his servant!"

O leão teve um ataque de raiva. — Onde é que ele está? Onde é que ele está? Se eu encontrasse esse leão — rugiu ele — ensinava-lhe logo quem é o Rei destas Florestas.
— Se quiser — respondeu a lebre — posso levar Vossa Majestade ao esconderijo dele.

The lion flew into a rage. "Where is he? Where is he? If I could find that lion," he roared, "I would soon teach him who is King of these Woods."
"If Your Majesty would like," answered the hare, "I could take you to his hiding place."

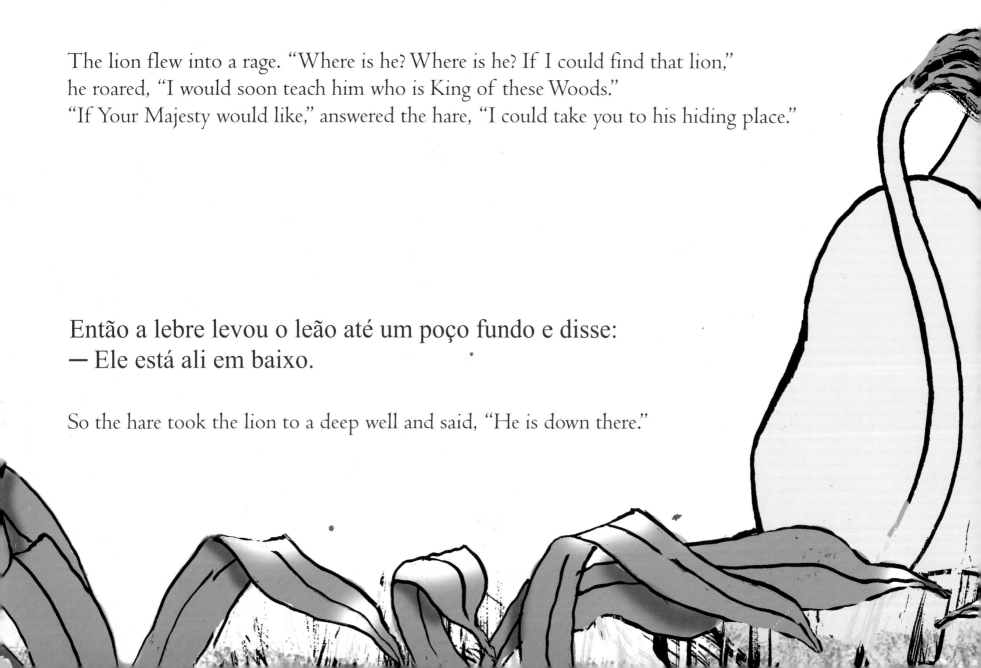

Então a lebre levou o leão até um poço fundo e disse:
— Ele está ali em baixo.

So the hare took the lion to a deep well and said, "He is down there."

O leão olhou irritadíssimo para dentro do poço.
Lá dentro estava um leão enorme e feroz, olhando-o da mesma maneira.
O leão rugiu e ouviu-se o eco de um rugido ainda mais forte vindo de
dentro do poço.

The lion glared angrily into the well.
There, was a huge ferocious lion, glaring back at him.
The lion roared, and an even louder roar echoed up
from within the well.

Cheio de raiva, o leão deu um salto no
ar e atirou-se ao leão feroz do poço.

Filled with rage the lion sprang into the air and
flung himself at the ferocious lion in the well.

Assim, ele foi caindo pelo poço abaixo,
              cada vez mais fundo,
                    fundo,
                     e nunca mais ninguém o viu.

Down and
          down and
                  down he fell
                         never to be seen again.

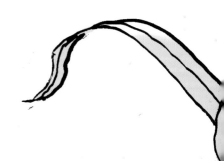

E foi desta maneira que a lebre teve a sua vingança.

And that was how the hare had his revenge.